U0470348

故事中欧仁最终设计的大楼借鉴了美国建筑师和艺术家戈登·玛塔-克拉克的作品，尤其是他于1975年在巴黎创作的"圆锥相交"。

向这位创造力不凡的艺术家致敬！

亲爱的读者：

有时候，你尽了最大努力去做一件事，可一切似乎都很复杂，无法达到预定的目标。但有时候，不在计划之中的事反而正是你需要的，一个小小的"意外"就足以让你"睁开眼睛"。

几年前，我去过中国，那是我最美好的旅行之一。今天，我真的很感谢我的书能被中国读者看到。希望你在阅读这个关于建筑、自然、变化的故事时，会心怀热忱，沉浸其中。

蒂博·拉萨

一棵
歪打正着的树

著作权合同登记号：陕版出图字25-2021-030

Mauvaise Herbe
Copyright © Thibaut Rassat and Les Éditions de la Pastèque, Montréal 2020
Chinese edition published in agreement with Koja Agency

图书在版编目（CIP）数据

一棵歪打正着的树 /（法）蒂博·拉萨著；于晓悠译. -- 西安：陕西人民教育出版社，2022.4（2023.6重印）
ISBN 978-7-5450-8650-8

Ⅰ.①一… Ⅱ.①蒂… ②于… Ⅲ.①儿童故事－图画故事－法国－现代 Ⅳ.①I565.85

中国版本图书馆CIP数据核字(2022)第041481号

一棵歪打正着的树 YI KE WAIDA-ZHENGZHAO DE SHU

[法]蒂博·拉萨 著 于晓悠 译

图书策划 孙肇志　　　　　**责任编辑** 杨海燕
策划编辑 孙俊臣　　　　　**特约编辑** 邢恬恬
美术编辑 任君雅　　　　　**封面设计** 时秦睿
出版发行 陕西人民教育出版社
地址 西安市丈八五路58号（邮编710077）
印刷 鹤山雅图仕印刷有限公司
开本 889 mm×1 194 mm 1/16 **印张** 3
字数 37.5 千字
版印次 2022 年 4 月第 1 版　2023 年 6 月第 2 次印刷
书号 ISBN 978-7-5450-8650-8
定价 49.80 元

出品策划 荣信教育文化产业发展股份有限公司　**网址** www.lelequ.com　**电话** 400-848-8788
乐乐趣品牌归荣信教育文化产业发展股份有限公司独家拥有
版权所有　翻印必究

一棵
歪打正着的树

[法]蒂博·拉萨 著　于晓悠 译

乐乐趣

陕西新华出版
陕西人民教育出版社
·西安·

从前，
毕达哥拉斯路45号房子里住着一个家伙，
除了设计建筑和摆弄一些小玩意儿，
他没什么喜欢的事了。

他是一位建筑师，做事一丝不苟，
甚至有人说他过分注重细节。
其实，每个人都觉得他神经兮兮的。

他叫欧仁，住在一个方方正正的房子里，
很少出门。
他总是不停地说："这座城市实在太乱了！"

他家中的一切都既优雅又井井有条，物件全部按照颜色从深到浅或体积从小到大的顺序放置。

他喜欢书籍、
摆件和各种小玩意儿，
总之就是那些可以被整理、
分类和排列的东西。

欧仁是建筑师，设计房子是他的工作。
他对自己最新的创作成果尤其感到自豪：
一栋完美无缺的大楼——所有墙壁都笔直笔直的，
所有窗户都方方正正的。

他想:

"如果城市里所有的房子都像这栋大楼一样,那该多让人心旷神怡啊!"

每到星期五,不管欧仁愿不愿意,他都得离开家。
在城市的另一头,工人们正在建造他设计的漂亮大楼,
他必须仔细检查。

"您好，欧仁先生！
您比平时来得早！我们还没整理……"

哎呀，
欧仁差点儿仰面摔倒。
真是一团糟！
东西丢得到处都是，
这边有，那边也有，
一切都脏兮兮、乱糟糟的。

不能控制一切的感觉真不好受。

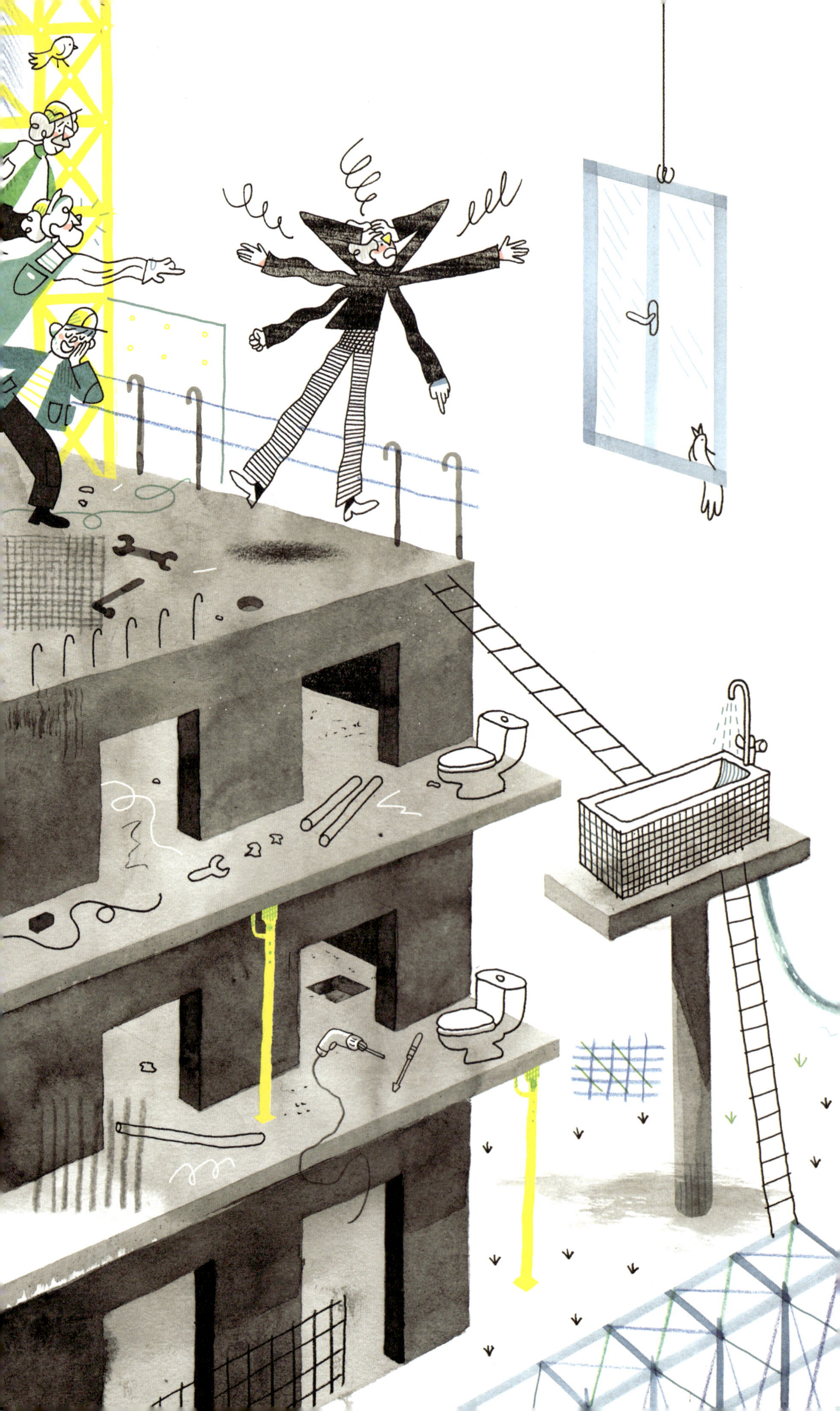

欧仁动不动就发脾气，
这反而让工人们不想错过任何一个捉弄他的机会。

"不对，不对，还是不对！把这些马桶从阳台上搬走！"
他面红耳赤地喊道。

然而，工人们看见他这么生气，反倒更开心了。
欧仁不知道怎么做才能制止他们。

除了这些小小的不如意，一切都还算顺利。
直到春季的某一天，一件谁都没有料到的事情发生了。

这天早晨,工人们发现——
一阵大风把花园里那棵美丽的树吹倒了。

这棵树虽然有点儿受伤,
但远没有被连根拔起。
它就在那里,
在未来将是四楼客厅的位置。

"天哪!我向您发誓,这真不是我们干的!"
一位工人说。

"我们没法工作了,您一定很恼火吧!"
另一位工人开起了玩笑。

"我这就去找把锯子,立刻锯断它。"
又一位工人说完,急忙跑向工具箱。

突然，
欧仁喊叫着冲向大树，
吓了所有人一跳。

"谁都别动这棵树！
看看它的树枝，
看看它的角度，
看看它的比例，
简直太完美了！"

$$\frac{1+\sqrt{5}}{2} \approx 1.61803$$

$\varphi = \frac{1+\sqrt{5}}{2}$

$\varphi \approx 1.618$

$x^2 - x - 1 = 0$

工人们你看看我，我看看你，十分担忧。
他们脑子里生出了同一个想法：
欧仁疯了。

欧仁一整天都在想这棵树,
他真心觉得它完美极了!
而且它在那里那么久了……
这棵树的年龄比他的都大!

欧仁的世界在五秒钟内坍塌了,
他问自己:"我能以工作的名义破坏大自然吗?"

给大楼
装上轮子

他必须想办法让这棵树活下去。

欧仁整晚都待在工作室里，
他绘好图，又几笔涂掉，撕碎图纸，
接着重新绘制，就这样循环往复。

终于，凌晨3点47分的时候，
他找到了最佳方案。

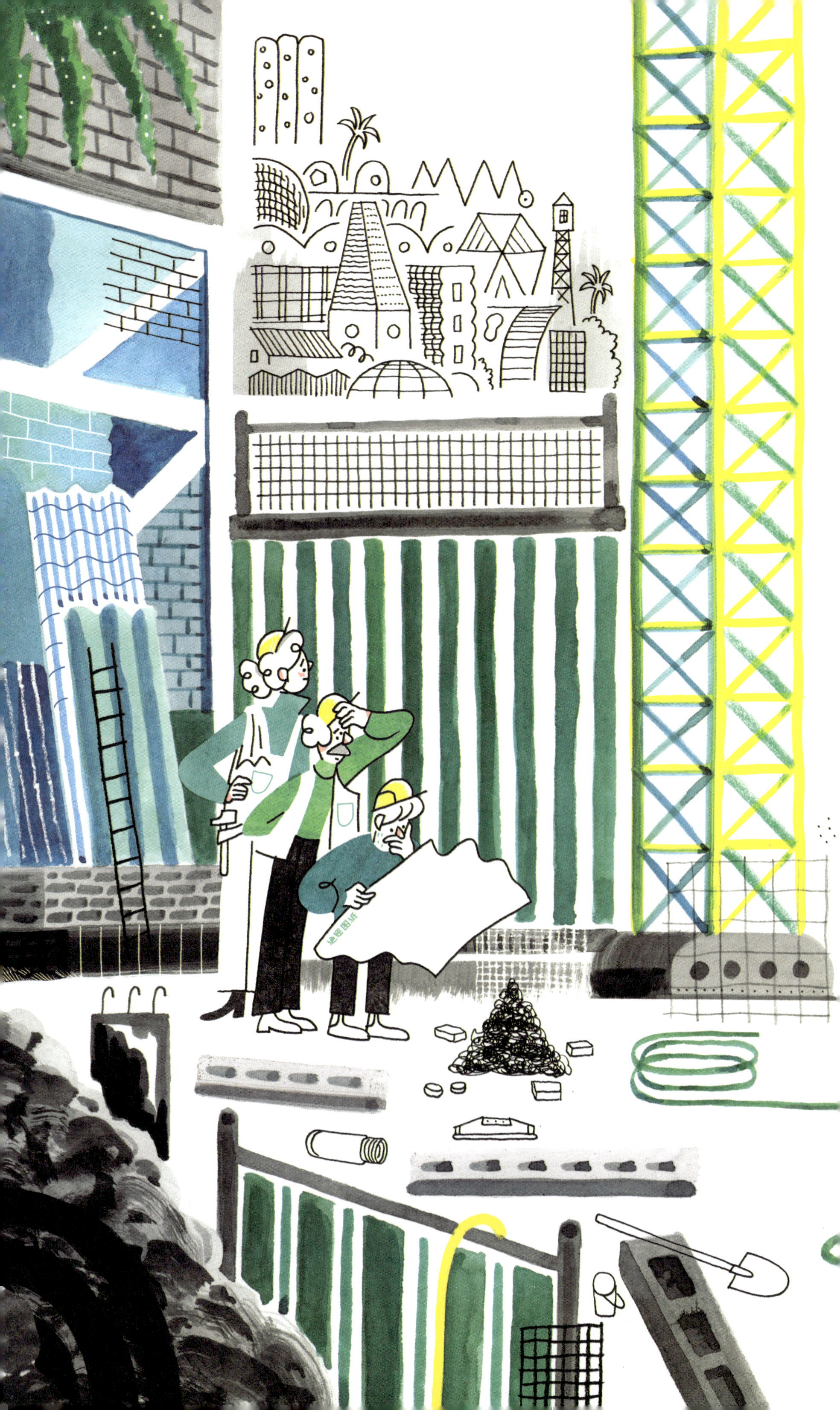

工人们看了欧仁的图纸，全都感到不可思议。
这次欧仁是真的疯了！
但一个细节让他们十分困惑。

"你看见他的脸了吧？"一位工人咕哝道，
"他不再紧皱眉头了，看起来惊人的……平静。"

从这天起，欧仁终于睁开眼睛，看见了周围的世界。

之后的日子里，
新的想法像泉水一样喷涌而出！

"大树得救了，但有那么多的事是我之前从没想到的！"
工人们听着欧仁的话，不知道事情会怎样收场。

现在，欧仁为所有人着想。
他心里装着小动物和街区的居民，
每天都有新奇的点子诞生。

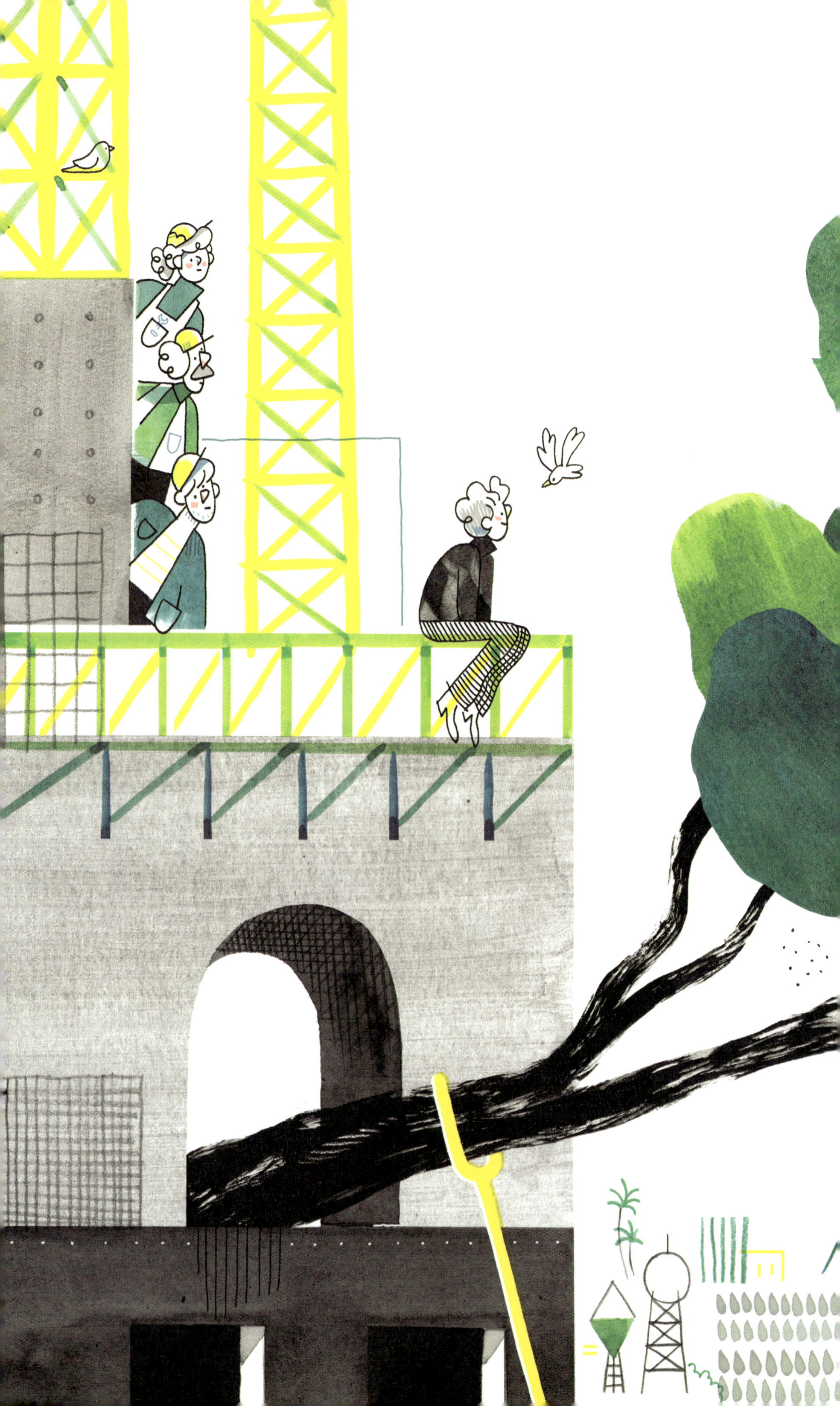

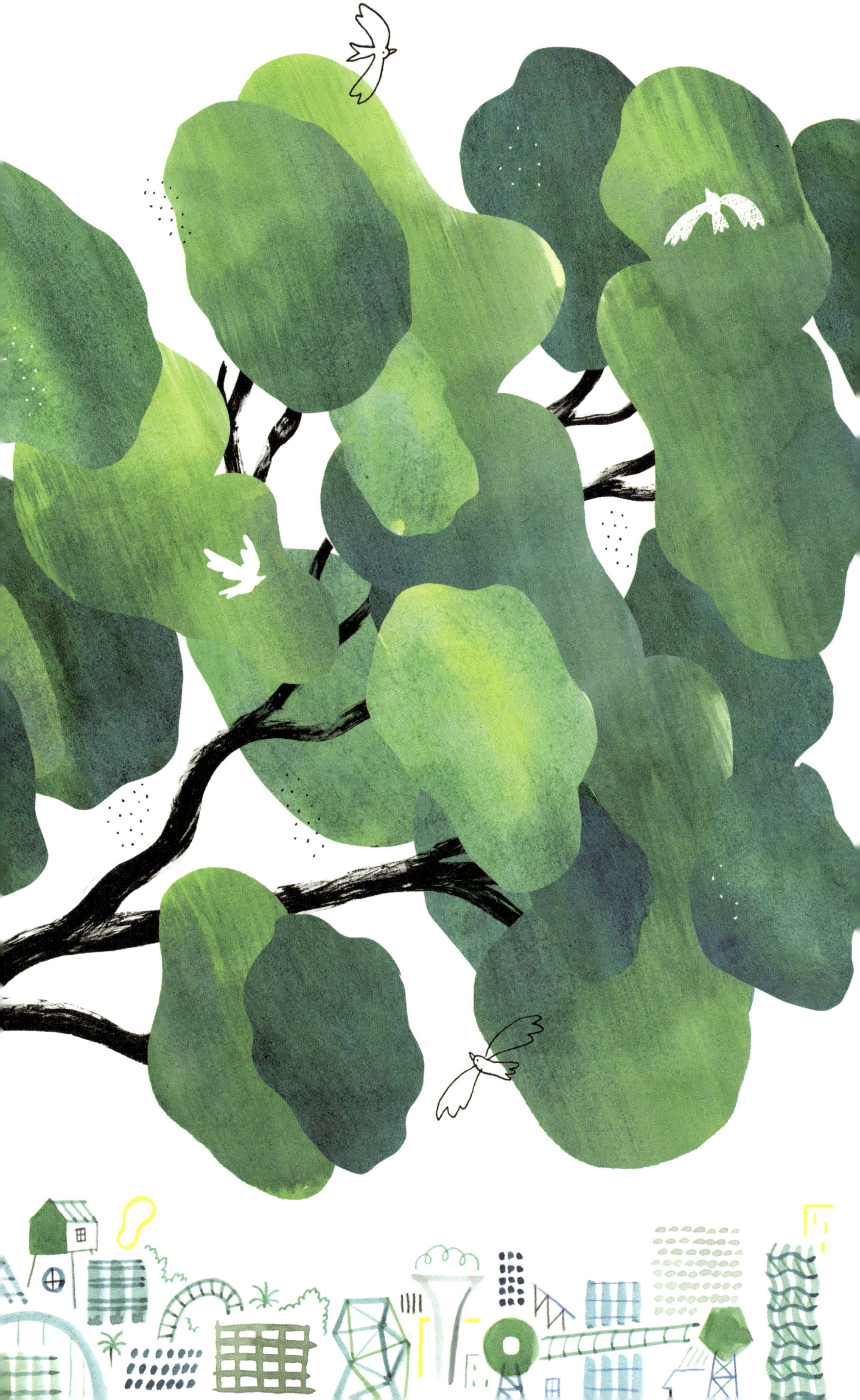

他先是修了一条小通道,
好让小虫子能毫不费力地穿过大楼。

接着,他在花园里建了一个小房子,
好容纳街区的流浪狗。

"我受够了!"他说,"直线,永别了!"
施工还在继续,但带刻度的尺子不见了。

工人们觉得事情越来越离奇。
不过,他们也开始乐在其中,
甚至还主动找欧仁聊天,启发他想出了十几个点子。

最后，
欧仁在大楼里凿出了巨大的窗户，
好让过往的人们能够看见街道边的风景；
他在大楼的正面加了楼梯，
好让街区的邻居们也能欣赏到美丽的景色。

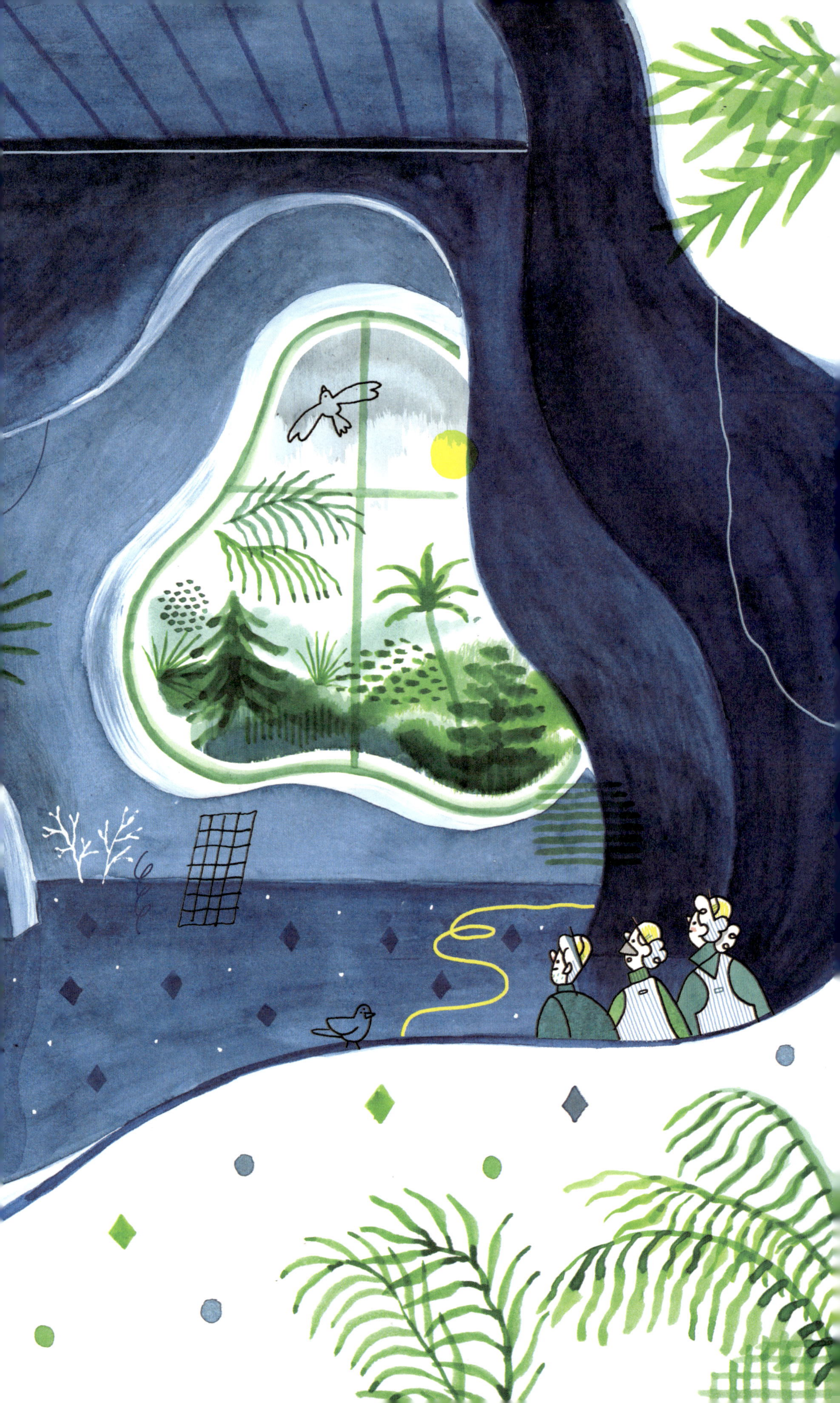

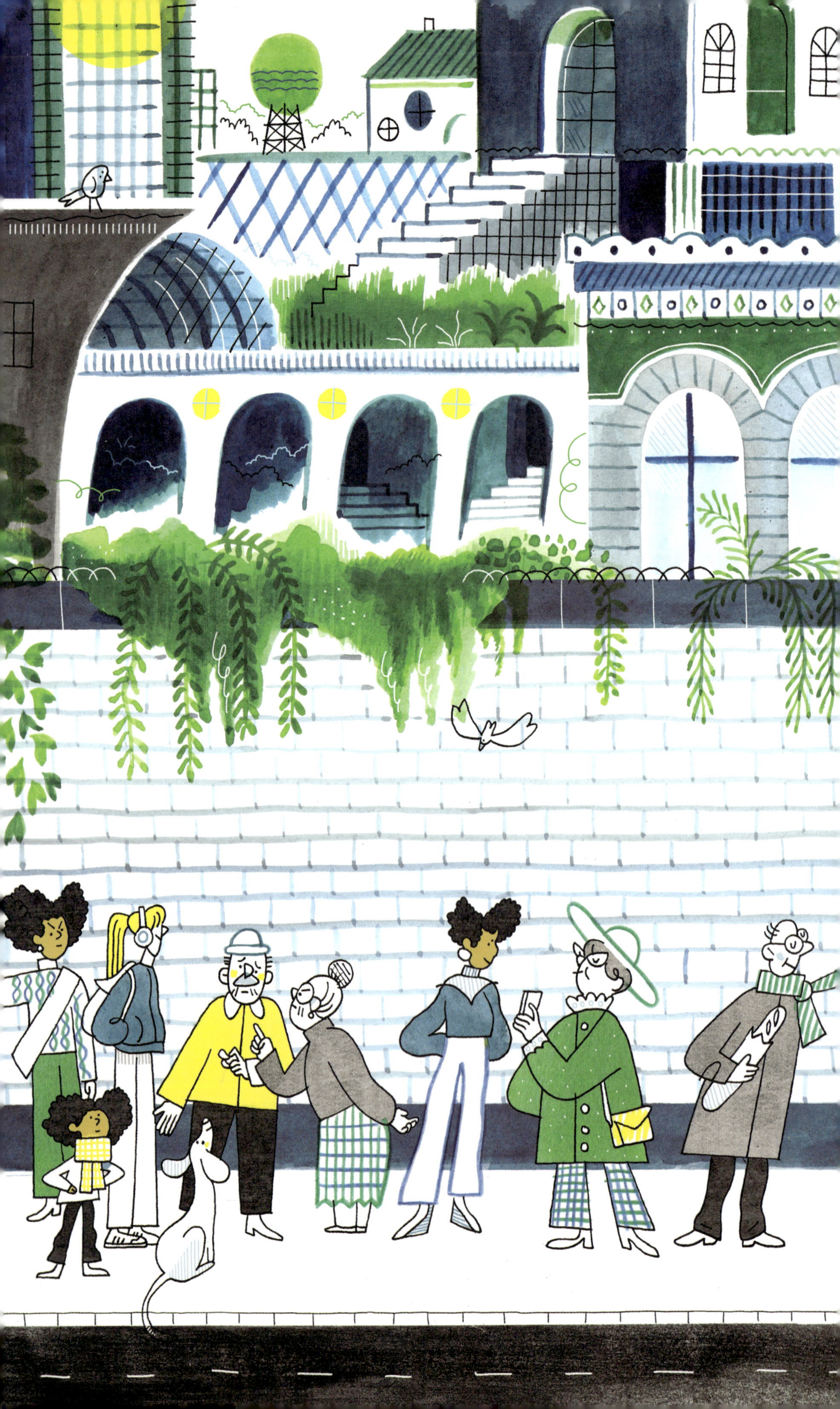

工地的声响吸引了街区的居民。
他们纷纷赶来,想要一睹这栋神秘建筑的风采。
每个人都想看看高高的围栏后面发生了什么。

工地负责人说:"不,不,不,
请耐心等待!大楼还没有完工!"

禁止入内

日子一天天过去，大楼终于盖好了。
女市长、裁缝、木匠……
几乎整座城市的人都来了。

人们来到围栏的另一边，
看到了那栋他们此生见过的最奇特的建筑。

女市长苦笑着说:"欧仁,这真是个大灾难!
这栋大楼太丑了。"
一个小姑娘叫道:"它像一只旧袜子!"
一位老爷爷嘀咕:"活到这把年纪,
真是什么都能见到。"
工人们哈哈大笑,
仿佛他们刚刚开了这辈子最成功的玩笑。

但欧仁一点儿都不生气。
"大灾难!"女市长重复道。

欧仁审视自己的大楼。
所有这些角度、这些线条、这些不规则的形状，
还有这些楼梯，更别提那棵"端坐"正中的大树了，
没有一处能够对齐，没有一个地方有条理，但那棵美丽的树得救了！

欧仁结结巴巴地说:"这是……这是我能遇到的,最……最……最美好的灾难!"

居民们靠近一点儿看,他们发现欧仁什么都想到了……

他不仅考虑到了大自然，
还全心全意为居民们着想。
每个角落里都有一份小心思，
不是为你就是为他。

仅仅几分钟后，
几乎全城的人都拥进了大楼。
孩子们沿着一座长长的、
弯弯的滑梯溜下来……

老人们坐在新长椅上发呆……

"快来看，这间图书室太棒了！"
"你们看到菜园了吧？"

大楼设计大获成功！

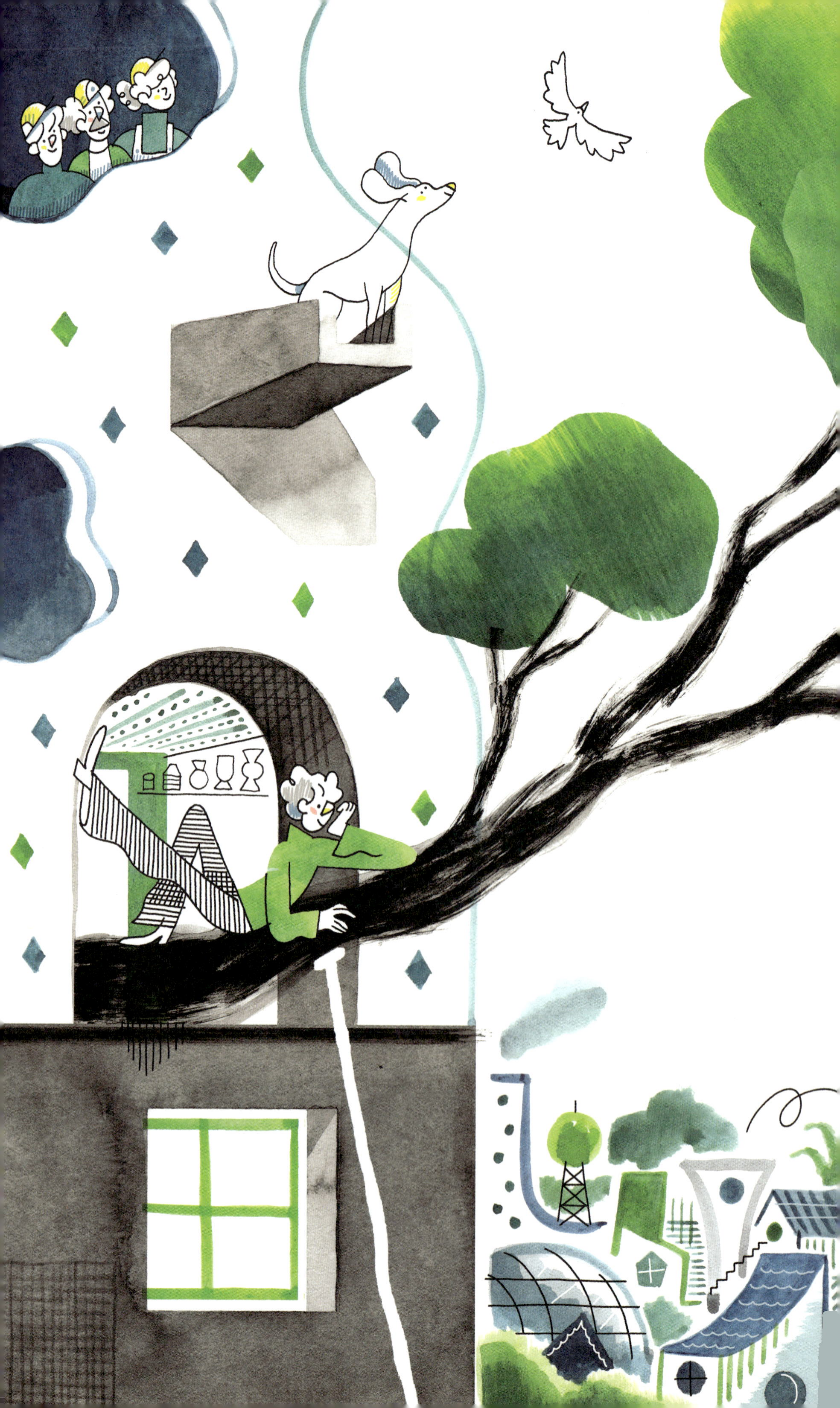

春去秋来，如今再也没有人觉得欧仁过分注重细节或是神经兮兮了。
他离开了那个方方正正的房子，搬到那棵改变了一切的大树旁边。
他透过四楼的树叶，看着每天都热闹拥挤的城市。

他终于睁开双眼，
看到了这个不完美却生机勃勃的世界。

一棵树可以改变什么？

"艺术就是对人生的一种风趣。"
——林语堂《吾见吾闻》

这本绘本相当特别，所以导读有些难写。一个看似简单的故事，细细想来，却可以从多个方面来展开。由简生繁，"一生二，二生三，三生万物"，这本书宛如一棵树，树干上长出枝丫，枝丫上生出树叶，这或许是因为它触碰到了人类生命和生活的本质。

奇妙的是，书里也有一棵特别的树。

这棵树静静生长着，可是突然刮起了一阵大风，它被吹倒了。如果倒在旷野、森林或路边也就罢了，这棵树偏偏倒在了一栋正在建造的大楼中央，占据了大楼四楼客厅的位置。这不，正在施工的工人们吓坏了，急忙要锯断它。因为他们知道，这栋楼的建筑师欧仁绝对不能容忍他的作品被一棵树毁掉。这栋大楼可是他的得意之作，墙壁全都笔直笔直，窗户全都方方正正，正像欧仁所希望的那样。

欧仁把家里的东西按照颜色从深到浅或体积从小到大的顺序排列，他是如此一丝不苟，但却常常被人认为过分注重细节、神经兮兮。他讨厌自己所在的城市，因为那里实在太乱七八糟了。欧仁的设计方案和个人生活方式都在追求秩序和规则。而这棵倒下的树，打破了一切秩序和规则，它好似平地惊雷，让欧仁瞬间醍醐灌顶，"睁开双眼"。

欧仁意识到这棵树很完美，它不仅漂亮——树枝、角度、比例完美，而且它很早就在那里，它的年龄甚至比欧仁的都大。对于这棵树来说，欧仁才是那个不完美的存在。欧仁的世界在五秒钟内坍塌了，他当即下了决心：一定要拯救这棵树！他透过树看见自己，继而睁开眼睛看到世界，又在世界上发现众生。

欧仁改动大楼原本的设计，为穿越大楼的小虫子修了便捷通道，为街区的流浪狗建了小房子；他在大楼里开了个巨大的窗户，使房子不再是封闭的牢笼，而是树木的一部分、街道的一部分、城市的一部分。欧仁开始聆听工人们的想法，这让他们充满激情，主动给欧仁提建议。要知道不久前，工人们还只是一群每天按照指令工作、最多开开玩笑的"搬砖客"而已。如今的他们反客为主，工作起来越来越有干劲。欧仁之于工人们，恰如倒掉的大树之于欧仁。他们都拓展了自己的可能性，变得更加优秀。

大楼盖好了。完工的那一天，人们面对大楼，面面相觑：这太丑了！女市长甚至把大楼称为灾难，然而欧仁并不介意，因为他知道：发现美与和谐有时候就是需要点时间。好奇的人们纷纷上前一探究竟，他们发现其实欧仁什么都想到了。楼里每个角落都花了小心思，不是为这些人考虑，就是为那些人考虑，甚至为动物们都考虑周全了。大楼大获成功！它改变了人们的生活，也改变了他们看待事物的眼光。一棵歪打正着的树，成就了那么多人，让他们更加善待花鸟鱼虫和爱护大家生活的环境。

话说回来，欧仁最初设计的大楼中规中矩，相信完工以后也会漂亮舒适，而改动后的设计则是另一种可能——一种更宽广也更温情的可能。这棵倒下的树让欧仁和他周围的人一起成长了。

如今欧仁住在这栋中间有棵树、形状不规则、到处是曲线的大楼里，他爱上了窗外那个热闹拥挤的城市。我相信，他家里的东西再也不是按照颜色从深到浅或体积从小到大的顺序排列了。

最后再说一句题外话，若单论建筑美学，如今的欧仁和我国明末清初的文学家、美学家李渔有异曲同工之处。李渔在讨论生活艺术的书《闲情偶寄》里说，论居室，能在最有利的位置望见最优美的景物才是重点，因而可以假借室外的风景，补充室内自然成分的缺乏。

如此看来，还有什么是比客厅里的一棵树更美好的呢？

◆ **于晓悠**
法国巴黎索邦大学比较文学博士
资深媒体人
腾讯教育频道特约撰稿人